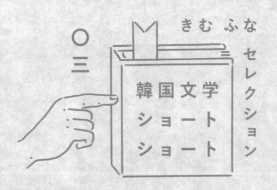

遠足

チョン・ソンテ 著

小山内園子 訳

公園の駐車場に空きが見つからなくて、セホと家族はふたたび進入路へと引き返した。セホの妻のジヒョンがハンドルを握っていた。

娘が幼稚園で習いたての童謡を歌っているせいで、車のなかはラジオでもつけているみたいだった。〈しあわせをもたらしてくれる／はにかんだほほえみ〉うんぬんの部分が難しいらしく、うまく口が回らない。上の子の息子がけっこう上手に先生役をして、何度か一緒に歌ってやっていた。八〇になるジヒョンの母親は後部座席の子供たちの脇で目をつぶり、乗り物酔いをこらえているふうだった。それでも、孫の天真爛漫な姿に、口元にはうっすら笑みが浮かんでいた。胸には孫娘が色紙（いろがみ）で折ったカーネーションが下がっていた。

助手席のセホは、座っているのがやっとの状態だった。二日酔いと疲労で、何もかもが面倒だった。今日だけは妻から棘のある言葉を聞かされませんようにとばかり祈っていた。私の実家に来るといつもそんなふうよね、とジヒョンがチクチク言うの

〇〇三

で、二人は新婚時代から嫌になるほどケンカをしてきた。セホは納得がいかなかった妻の実家に行くのはほとんどが体力も限界の週末だったからそうなだけで、決して行くのが嫌で不機嫌にしていたことはなかった。

「おにいちゃん、よつばのクローバーって見たことある?」

娘が不意に歌うのをやめ、兄に聞いた。

「うん。このまえ道場のみんなとキャンプに行ったとき、探しっこしたよ」

「クッキーランの王様メンコをゲットするよりむずかしいよ。ミンジが見つけたやつ、見せてもらったんだ」

「すごくむずかしいんだね。で、どうだった?」

「なにが?」

「ミンジおねえちゃんのこと。しあわせは、きた?」

「願いごとして、かなうの待ってるとこだってさ」

「どんな願いごと?」

「そんなこと知るわけないじゃん。願いごとは人に言っちゃダメなんだから」

〇〇四

「パパ、ほんと?」
「ん?」
「よつばのクローバーを見つけてお願いしたことは、人に言っちゃだめなの?」
「おにいちゃんの言う通りだな。秘密にしてこそ願いはかなうんだ」
駐車スペースがないかと見回していて、セホは上の空だった。娘が考え込んで、車内は静かになった。
駐車料金の精算所が近づくと、ジヒョンが駐車券を探しはじめた。カーナビの横に当然あるはずの駐車券が見あたらない。ジヒョンはダッシュボードから足元まで見回してから、セホに視線を向けた。なんでオレがそれ持ってんだよという目つきをしながら、セホはポケットをくまなく探すフリをした。妻の実家を出るときに立ち寄った海苔巻きチェーン店のレシートが、ズボンのポケットから出てきた。セホが妻をたしなめた。
「いつもこうだろ。ちゃんと探せって」
ジヒョンは、セホに預けていたショルダーバッグをひったくった。
そうこうしているうちに、彼らの番になった。

苛立ったジヒョンが、精算所の係員にくってかかった。
「駐車場がいっぱいなら、入場規制するなり案内出すなり、ちゃんとしてくれないと困りますよ」
係の女性は、父母の日の記念イベントがありまして、と理解を求めた。ブースのなかでは無線機がジージー言っていて、女性の顔には疲労の色がありありと浮かんでいた。セホは、ジヒョンよりその女性の方が理解できる気がした。女性を見上げて、ジヒョンが言った。
「駐車場をただぐるっと回って出るだけなんですよ、二周もして」
「一周だよ、ママ」
後ろから、娘がすばやく母親の言葉を引き取った。
「二周なの！」
妻が声を張り上げた。車の中も外も、冷え冷えとした空気になった。係の女性がブースの外に手を伸ばしてきた。
「駐車券くだされば、処理しますから」
「さっき来たばかりなんですよ。いま私が話したこと、信じてないんですか？」

〇〇六

「そうじゃなくて、取消処理に必要なもんですから」
次々押し寄せる車に目をやりながら、女性が急きたてるように言った。
ジヒョンが溜息をついた。そしてショルダーバッグを逆さにし、スカートの上に所持品をぶちまけた。化粧品、財布、携帯電話、ウェットティッシュや何かといっしょにカードの伝票やレシートが滑り落ち、山を作った。ジヒョンはレシートを一枚一枚手にとって確かめた。誰が見てもパフォーマンスの素振りに、セホは頭を横に振った。
係の女性は口元を引きつらせていた。
やがて駐車場の遮断機が上がった。
一キロほどの進入路も、路上駐車している車両のせいで、やはり渋滞していた。
「もうわたしたちのえんそく、おしまいなの？」
娘がしゅんとして言った。公園の広場でレンタルできる四輪自転車に乗れなくなって、子供たちはがっかりしていた。セホが重たい体をよじって子供たちをなだめた。
「進入路の近くの森に行ってみようか」
ジヒョンは渋滞した道ばかりを見つめ、何も言おうとしなかった。妻の顔色を窺った。ジヒョンは渋滞した道ばかりを見つめ、何も言おうとしなかった。

「パパ、クワの実をとって食べた、あの森のことでしょ?」

黙りこんだまま座っていた息子が、知ったような口をきいた。

「クワの実?」

セホはすぐには思い出せなかった。

「去年はあの森に遠足にいったじゃないか。パパとキャッチボールもしたよ」

「ああ。ボール拾いにいって、クワの実を見つけたんだったな」

「もういちどいこうよ、ね?」

息子がシートの合間から顔を出してせがみ、それに娘も加わった。

「あたし、よつばのクローバーさがしたい」

「……クワの実って、今頃だったっけ?」

去年の遠出を思い返して、セホがつぶやいた。背中の向こうで義母の咳払いが聞こえた。

「さて、もう熟してるだろうかしらね。麦秋の頃のはずだけどどうやら義父の命日のときのことだったらしい。セホは手を伸ばして娘の頬を撫でながら、残念そうに言った。

〇〇八

「あと一カ月は先の話だな」
 しばらくして進入路を抜けると、道路の渋滞は少しずつ解消されていった。レジャーシートを広げる場所を探そうと、いまや子供たちまですっかり無口になり、家族総出で右手の窓の向こうをにらんでいる。セホは、去年家族で半日を過ごした松林が遠ざかるのを、ぼんやりと見つめていた。
「とめて、ママ。あそこだ!」
 息子が大慌てで叫んだ。運転席と助手席のあいだ、母親と父親の真ん中に首を突っ込むかたちで、一〇歳の体を割り込ませてきた。
「車を停めるところがないでしょ」
 ジヒョンはつっけんどんに言った。息子はしばらく小さくなっていた。だが、すぐにまた独特の活気を取り戻し、しゃべりはじめた。
「でもさあ、なんかさっきからくさくない? 炊飯器のニオイみたいなやつ」
 父親に鼻を近づけてクンクン嗅ぎはじめるので、セホは腕で息子を押し返した。
「そうやって座ってたら危ないって言っただろ」
 どういうわけか、セホは息子の態度が気に入らなかった。酒臭いとわざわざあげつ

らっている気がした。ジヒョンに口うるさくされているときのように、イライラが込み上げた。喉から吐き気がせりあがってきた。

セホは窓を開け、風にあたった。車はクロフネツツジやシジミバナのような灌木が植えこまれた庭園の脇を通り過ぎた。東屋のある広々とした芝生には行楽客が陣取っている。サンシェードやインディアンテントを張る家族がいるかと思えば、コンロで肉を焼く人々の姿もあった。

進入路を出て一〇〇メートルほどしたところで、ジヒョンが路肩に車を停めた。ちょっと前に彼らが乗ってきた都市外郭道路が目と鼻の先だった。歩道の向こうに添え木された若いケヤキの造林地があり、その奥にはメタセコイアの森が鬱蒼と広がっていた。

「さあ、降りるわよ」

ジヒョンがサイドブレーキを引きながら言った。

「陽が当たらなくて寒くないかな」

防風林か何かのようにそそり立つメタセコイアの森を見ながら、セホはつぶやいた。後部座席からまず義母が降り、息子、娘と続いた。子供たちはまっしぐらに森へと

〇一〇

駆け出した。ジヒョンが叫んだ。
「走ったらだめよ！　ちゃんと妹をいっしょに連れていきなさい」
大人はその場に立ったまま子供たちを眺めていた。セホは背筋を伸ばし、息を吸い込んだ。人生なんて、大したことじゃない。そんな思いが頭をかすめた。こういうドラマみたいな場面一つで十分だった。このワンカットをモノにしたくて、朝も暗いうちから高速に乗って田舎まで来たんだ。そう思うと、セホはどうでもいい五時間分のフィルムをボツにして手をはたく人のように清々しい気分になった。
「お義母さん、いい天気ですね」
ジヒョンはおやつの入ったショッピングバッグをトランクから取りだすと、セホに車のキーを渡した。
「レジャーシートをお願い。ひざ掛けの毛布もあるか、探してみて」
「先に行って子供たちを見ててくれ」
セホが答えた。子供たちの姿はすでに森に消えて見えなかった。
妻と義母が遠ざかるのを見届けると、セホはトランクに腰をかがめた。ホテルのミニバーに納品する酒のケースから、ウイスキーの小瓶を一本引き抜いた。トランクに

〇一一

頭を突っ込んだまま、ドリンク剤でも空けるようにウイスキーをひと息に流し込んだ。セホはバンパーに片足をかけて体を起こした。少し、呼吸が楽になった気がした。指の節まで酒の勢いが広がっていくのを感じながら、そのまましばらく立っていた。
　レジャーシートは段ボールの箱に押しやられ、トランクの奥深くに埋もれていた。その箱を見て気が重くなった。老人ホームから引き取ってきた父親の遺品を、二カ月載せっぱなしにしていた。四十九日もすっかり終わった頃に、老人ホームから連絡が入った。父親はぼーっとしたままベッドに横たわるばかりだったから、私物のようなものがあるとは思いもしなかった。ホームに入るときに身につけていき、六年間そのままになっていた薄汚れた服と靴を、どうにかして処分しなければならなかった。火葬場に持ち込んで焼いてもらったらいいというアドバイスもあったし、そういう時代でもないからマンションのリサイクルボックスに入れておけばいいとも言われたが、どちらも実行できずにいた。
　父を失い、思いのほか苦痛や悲しみが大きくないことに、セホは一種の自己嫌悪のような感情を抱いていた。もちろん、自分はこのくらい悲しむべきだという強迫観念のようなものはなかった。単に、こんなんでいいのかと思うほど平気な自分に、ふと

した瞬間嫌気がさす程度だった。夜更け、酔いつぶれた体をタクシーのシートに預けて帰宅するときに、そんな気分になった。ゆうべもそうだった。セホはタクシーを降りると、マンションの我が家を見上げ、つぶやいた。
「オレにもガキがいるからさ。オヤジを」くしたオヤジってのは、みんなそんなもんなんだよ」
　心底、そう叫びたかった。
　セホはレジャーシートを取りだしたところに、ふたたび箱を押しこんだ。隅に野球のグローブを見つけたが、面倒になって手は伸ばさなかった。彼は、酒のケースからもう一本ミニウイスキーを抜き取ると、それをジャンパーのポケットに入れ、トランクを閉めた。
　サングラスをかけ、水で口をゆすいでから、セホは家族が消えた道に、ゆっくりと足を進めた。
　陽当たりにいるには暑いし、日陰に入るにはもったいないような陽気だった。おとといは雨できのうは曇りだった。行楽客も春の陽ざしにつられて出てきたのだろうが、みな樹木にいざなわれるみたいにしてメタセコイアの森へ入っていく。

森の入口に案内文の書かれた立て看板を見つけて、セホは足を止めた。この街にある農業高校が研究用に造成した落羽松（ラクウショウ）の森だとあった。落羽松はメタセコイアじゃないかと思っていたが、案内文には、メタセコイアとともにスギ科の代表的な品種だと書かれていた。その次のくだりで、落羽松がメタセコイアとはまったく別物であることがはっきりした。中国原産のメタセコイアとはちがい、落羽松はアメリカが原産地だった。樹皮に苔をたくわえ、てっぺんがどこか見当もつかないその堂々たる木を、セホはじっと見つめた。彼の目には、メタセコイアと明らかに違うところは見つからなかった。メタセコイアより葉の色が薄く柔らかく、茶色い樹皮が赤みがかっているような気もしたが、どこまでも気がするというだけだった。セホは案内文の設置年度から、落羽松の樹齢を四〇年あまりと計算した。これほどの大木がてかわらない年齢だと思うと、なぜだか自分が小さく思えた。

ジヒョンから、森の中のカフェにいるから来て、と携帯メールが届いた。

セホはさらに森を進んだ。木々は四列に連なった柱のようで、その人為的な間隔や隊列だけでも見応えがあった。右を見ても左を見ても、ひたすら続いている。草や灌木がなく、落葉だけが厚く積もった森の道はふかふかで、湿り気を帯びた空気はひん

〇一四

やりとしていた。原生林のように薄暗い中にたたずみながら、セホは衿をかきあわせ、家族を探してキョロキョロとあたりを見回した。急に子供たちのことが恋しくなり、わけのわからない不安を感じた。

やがて、寂しい小道に矢印が描かれた白い案内板を見つけた。カフェ・サイプラス、四〇メートル。

セホは左手に向き直った。娘の声が幻聴のように聞こえてきた。例の「四つ葉のクローバー」という童謡を歌う声が、間違いなく聞こえる。セホはレジャーシートと毛布をしっかり小脇に挟み、急ぎ足になった。

「パパだ!」

娘が声を上げた。子供二人はハンモックの上に寝そべっていた。薄緑色のハンモックが二本の落羽松のあいだで揺れている様子は、なかなか絵になっていた。寂しい小道がカーブするあたりに、森に面して「Cafe Cyprus」と看板を掲げた小さな丸太小屋があった。庭にせり出したテラスには六人用のテーブルが置かれ、よく陽があたっていて影ひとつなかった。

カフェの入口まで、ジヒョンと老婦人が歩いてきた。老婦人は去年軽い脳梗塞を

患ってから、歩くのが少し不自由になっていた。ジヒョンの袖のあたりをつかもうとしているらしく、右手をもじもじさせながら後を追うのだが、ジヒョンはおかまいなしに、ずんずんテラスをやってくる。テーブルに荷物を下ろしながら、ジヒョンがセホに言った。

「よそは探さないで、ここで休むことにしましょ」

セホがハンモックを力いっぱい揺らしてやると、子供たちが悲鳴を上げた。セホはくすくす笑いながらテラスに上がり、老婦人の肩口に毛布をかけて、少し照れくさそうに向かいの席に腰を下ろした。

「キムさん、どうしてまた、そんなに汗かいてるの」

「僕が、ですか？」

セホが額をぬぐった。

「けっこう暑くないですかね」

「相変わらず、忙しくしてるの？」

「部署が変わったので、そうでもないですよ」

セホがサングラスをかけ直した。

「前のときより、ずいぶんとやつれたわね」

ジヒョンが、頰をさするセホをにらみながら言った。

「海外出張が増えちゃって、顔を見るのがますます大変なのよ。昨日香港から戻ってきたばっかりだし。お酒を売りにいってんだか、飲みにいってんだか……」

「忙しいうちが花なのよ」

老婦人はジヒョンの揚げ足でもとるように言って、セホに視線を向けた。

「お父さま、おかわりない?」

セホが戸惑った顔で老婦人を見つめた。普段から大雑把だったり回りくどかったりと話がわかりづらくはあったが、死んだ父親の安否を尋ねているのか、それとも慰めのつもりなのか、すぐには返事が見つからなかった。だが娘だけあって、ジヒョンは母親の言葉をごくあたりまえに受け取った。彼女はショッピングバッグに入れてきたメロンを剝いていた。

「お義父さんは長い間ずいぶん苦労したから、今頃きっとゆっくりしてるわよ。元気だった頃にこの人にも言ったんだけどね、認知症って、周りは大変だけど、当の本人は死ぬってこともピンとこないだろうし、後悔するっていうのもないだろうから、あ

〇一七

ながち悪いことばっかりじゃないと思うわ」
 老婦人はそっと口をつぐんだ。瞑想するみたいに、しばらくそうしていた。膝に置いた手を握ったり開いたりする様子を、セホは注意深く見守った。
「それで、いま、どちらに?」
「やだ、私、母さんに言ってなかった? 龍仁(ヨンイン)の納骨堂に入ってもらったのよ。いいわよ。近いし、きれいだし。お義母さんにもね、そっちに移ってもらおうかって思ってるとこ」
 カフェから、店長の女性がカキ氷とコーヒーをテーブルに運んできた。ジヒョンが果物ナイフでメロンの種を取りのぞきながら言った。
「果物を持ってきたんですけど、食べていいですか?」
「召し上がってくださいな」と店長が答えた。
「ここ、本当にいいところですね」
 ハンモックに乗った子供たちを見やって、ジヒョンが満足げに笑った。そしてわざとらしい声で「あなたたち、靴は脱いで乗らなきゃダメでしょ」と声を張り上げ、店長を見上げた。

〇一八

「かまいませんよ。うちの息子がタイで買ってきましてね。先月入隊したんですけど、お客さんに人気があるのでそのままにしてるんです」
「みんな、カキ氷がきたわよ」
ジヒョンが手招きをしたが、子供たちは来る気配がなかった。二人きりで何か秘密でも分けあっているのか、ハンモックに寝っ転がってコソコソやっている。子供たちを連れてこようと、セホが立ち上がった。
「おにいちゃんが言ってよ」
セホの姿を見るなり、娘が言った。
「おまえが言えって」
「どうしたんだ？」
セホが二人をかわるがわる見た。
「あのね……」
娘がためらいがちに口を開いた。
「おばあちゃん、ヘンなの。さっきあたしのこと、ジヒョンって。ママのなまえでよんだんだよ」

〇一九

「だから、おばあちゃんがヘンだって？ パパだって、たまに名前、間違って呼ぶだろう？」
「それだけじゃないんだよ」
息子があたりを気にしながら言った。内緒話をするみたいなひそひそ声だった。
「服の上にね、おもらししたっぽいんだ」
「えっ？ いつ？」
息子の方を見て尋ねた。
「さっき。車の中くさいって、言ったとき」
セホはプッと吹き出した。
「違うよ、コイツめ」
そして、息子の鼻めがけてフーッと息を吹きかけた。息子はしかめっ面をして顔を背けた。
「お酒のニオイだったのかあ」
「さあ、もうカキ氷を食べにいくぞ」
子供二人がセホの腕にしがみついた。セホは一人ずつぶら下げてテラスに移動した。

老婦人が子供たちにメロンの皿を押してよこしたが、子供たちはカキ氷を引きよせた。
老婦人はメロンをもう一度、セホの前に押した。
「パパ、よつばのクローバーさがそう」
娘の方が息子より早くスプーンを置いた。セホはコーヒーカップを手にしたまま言った。
「そうだな。でも、このまえ習ってきたあのお歌、あれ聞かせてもらってからじゃダメかい」
娘がかぶりを振った。
「おゆうぎ会で歌うんだもん。先生が、それまではママにもパパにもひみつだよって」
「みんな知ってんのに、どこがひみつだよ」
息子がケチをつけた。「そうか？」と、セホが言った。
「でも、おばあちゃんはおゆうぎ会に来られないだろ？ パパたちは耳を押さえてるから、おばあちゃんにだけ歌ってあげようよ」
彼は両耳を塞ぐ仕草をして娘を見た。老婦人もにこにこしながら加わった。

「ああ、そういえばさっき、うちのいい子ちゃんはハキハキ上手だったねえ。どーれ、おばあちゃんが先に、聞かせてもらおうかな」

娘は困りきった目で大人を見回した。

「じゃあ、お耳おさえてて……おにいちゃんは？」

息子は言われた通りにする様子もなく、ぶつくさ言っていた。セホがにらみつけてスプーンを置かせた。ようやく娘がイスに上がり、舌足らずに歌いはじめた。リズムをとって歌う姿はなかなか可愛いらしく、ジヒョンの唇の動きに助けられて、苦手な部分もうまく乗り切った。

　　ラララ　一葉(ひとは)

　　深く小さな山あいへ
　　澄んだ水が流れる　泉のほとり
　　きれいな花々に　ひっそり隠れて
　　露に育った　四つ葉のクローバー

ラララ　二葉
ラララ　三つ葉
ラララ　四つ葉

しあわせをもたらしてくれる
はにかんだほほえみ
ひとすじのあたたかな　陽ざしをあびて
希望がいっぱい　わたしの友だち
光のように明るい心で　君のようになりたい

歌い終わるが早いか、娘は飛び降りて父親の背中に隠れた。大人たちが拍手した。
「そんな小さなお口で、よく全部覚えられたねえ。おばあちゃんは一行だって一緒に歌えないよ」
老婦人がセーターのポケットをごそごそ探って、一万ウォン札を一枚、孫娘に渡した。

おこづかいを斜めがけバッグにしまうと、娘はセホの腕を揺さぶった。
「よつばさがしにいこうよ、パパ」
「まだコーヒーを飲み終わってないんだよ」
セホは一口で飲み干すと、テーブルにカップを置いた。
「おばあちゃんに会いにきたのに、おまえたちだけで遊んでいいのか？　四つ葉のクローバーは、おうちに帰ってからでも探せるだろ」
それでも娘は身をくねらせる。ジヒョンが舌打ちをした。
「この子、一度これって言い出すと、手がつけられないのよね」
「だって、願いごとがあるんだもん」
娘がつんと澄まして言った。
「どんな願いごと？」
「言ったらしあわせ、こなくなっちゃうでしょ」
大人たちが笑った。セホが尋ねた。
「それで秘密なんだ？」
娘は唇を嚙んで、肯いた。セホが体を傾けて、娘にぐっと自分の耳を近づけた。

「パパにだけ教えてよ」
娘は断固として首を横に振った。老婦人がジヒョンに尋ねた。
「何を探しにいくんだって?」
「シロツメクサよ。葉っぱが四枚あるやつを見つけたいって、ああやってがんばってるの」
ああ、老婦人が肯いた。
「じゃあ、どれ、おばあちゃんと一緒に探そうか?」
老婦人が毛布を外して立ち上がった。
「いいんですよ、お義母さん。僕が行きますから」
セホが引きとめようと席を立った。老婦人は手を横に振った。
「この子たちと一緒に遊びたいのよ。こういう日が今度いつ来るか、わからないからね」
老婦人は手で追い立てるようにして、子供たちに前を歩かせた。
「シロツメクサはねえ、日陰にはないんだよ。さあ、行きましょう」

二人は両脇にまわって老婦人と手をつなぎ、庭へと降りていった。ジヒョンが子供たちに声をかけた。
「おばあちゃんが疲れちゃうから、あんまり長くはダメよ。ひとりひとつ見つけたら戻ってきなさい」
 老婦人と子供たちが森に消えていく姿を、夫婦は見守った。セホはささやかな、でも満ち足りた幸せが、たったいま自分のすぐ脇を通り過ぎていったと感じた。ジヒョンは目を細めていた。その眼差しの向こうに、危うげで切迫した何かがうかがえた。セホは妻が痛々しかった。夫婦だけが残されたテーブルに物寂しさが漂った。セホが言った。
「行かなくていいのか?」
 森に視線を向けたまま、ジヒョンが気だるい声で答えた。
「母さんが一緒に行ったじゃない」
「だからだよ。大丈夫かな」
 ジヒョンがセホを見た。
「どうして? なんかあった?」

「いや。子供たちが妙なこと言ってたから……」

セホは覚悟を決めたように、椅子に腰を下ろした。

「お義母さん、少し変じゃないか?」

「どこが変なのよ」

「あいつらの話だと、服に粗相したらしい」

ジヒョンは鼻で笑うと、セホの話をくだらないとでも言いたげな口ぶりになった。

「わかったようなこと言わないでよ。年寄りはね、たまにそういうことがあるんです。子供って本当、考えなしに言うんだから」

「そのことだけじゃないんだ」

セホはどう言うか迷い、ジヒョンは無表情に待っていた。

「わかんないな。とにかく、そんな気がするんだ。まさか、アレじゃないよな?」

セホが頭を振った。

「まったく……尿失禁よ。だいぶ前から始まってるの」

しばらくのあいだ、ふたりの会話が途切れた。

「あなた、お義父さんが亡くなって、こたえてるの?」

〇二七

ジヒョンが少し柔らかい表情で尋ねた。
「伯母さんが言ってたわ。いくら生前ギスギスしてたって、あなたはしばらくのあいだ引きずるだろうって」
似たようなことを、セホは葬式のときも何人かに言われた。彼は妻に静かに言った。
「そうじゃないよ。そんなんじゃない。ただお前には、認知症ってまんざらでもないみたいなことは、言ってほしくないんだ。他人事(ひとごと)みたいには言われたくない」
「あなた!」
ジヒョンが気色ばんだ。今にも泣き出しそうだった。
「そんなつもりじゃないってわかってるくせに。なんでそういう言い方するのよ」
「わかってるさ。慰めようとして言ってることぐらい、わかってる。それでも、お前の口からそういう言葉は聞きたくないんだ」
「ほらね。本当はショックが大きいのよ。ナーバスになったし、お酒の量だってずっと増えたし。この機会に転職したらどうなの?」
「いきなり仕事の話かよ」
セホがフッと笑った。

「ナーバスになってたんなら謝るよ。異動はあるわ景気も悪いわで、ストレスがたまってたんだろ。すぐ平気になるさ」

ジヒョンが長い溜息をついた。視線を逸らして座る彼女は、思いがけず涙を浮かべていた。

「私たちも、こういうカフェでもはじめようか」

ジヒョンがつぶやいた。陽ざしがふたりの背中に暖かく降りそそいでいた。ハンモックと黄色い陽の光と薄緑色の落羽松の陰、それに、ふたりには無縁とも思われるゆるやかな時間の流れが、現実感をうすれさせていた。眠気をこらえきれなくなった人のように、セホがぼそっと言った。

「一〇年後くらいにな。こんなところでさ」

そしてコーヒーカップを手に立ち上がると、ジヒョンに尋ねた。

「コーヒー、飲むか?」

「カップちょうだい。私が持ってくる」

ジヒョンが手を伸ばした。

「いや。トイレも行ってくるから」

〇二九

彼はマグカップを手にカフェに入ると、店長の女性におかわりを頼んだ。

「半分だけ下さい」

すぐにコーヒーが出てきた。カップになみなみとつがれていた。洗面台にコーヒーを半分ほど捨て、ポケットからウイスキーを取りだしてカップに注いだ。強い香りが立った。飲むのにちょうどいい温さになった。洗面台の前で、続けざまに二口飲んだ。

セホは店長にカキ氷とコーヒーの代金を払った。窓の外を見ると、ジヒョンが揺れるハンモックの上に横たわっていた。

テラスに出て、ジヒョンを眺めながらゆっくりと残りの酒を味わった。ハンモックが静かに止まった。ジヒョンは胸の上で両手を合わせ、真っ直ぐの姿勢で横になっている。眠っているらしかった。毛布を持っていってかけてやった。

テーブルに戻って長椅子に寝そべった。腕を持ち上げて時計を見る。午後三時を回ったところだった。

娘の泣き声で、セホは目を覚ました。義母と子供たちがこちらに向かっていた。手首に花で作った腕輪を巻いた娘がしくしく泣き、義母はほとほと困ったという表情で

それをなだめていた。日焼けで顔を赤くした息子も、不機嫌そうに唇を尖らせていた。
驚いたジヒョンがハンモックから飛び下りて聞いた。
「あなたたち、またケンカしたの？」
息子がパッと跳び上がった。
「ケンカなんかしてないよ」
「どこかケガした？」
老婦人が激しく手を振った。
「いくら探しても、葉っぱが四枚のがなかったのよ。私も一緒に探せたらよかったんだけど、目がかすんで何も見えやしないし。こんなに小さい手で、絶対見つけるんだって陽なたに座りこんで……まったく、見てられないと言った」
老婦人は孫娘の頬をそっと拭いながら、不憫でたまらなかったから。たくさん探しておいて、今度来たときにあげようね。だから、もう泣かないの。困ったわねえ」
「もう泣かなくていいよ。おばあちゃん、よくわかったから。たくさん探しておいて、今度来たときにあげようね。だから、もう泣かないの。困ったわねえ」
セホが娘の前に膝をついて手をとった。
「どーれ、見つからなくて恥ずかしいから泣いてるのか？」

〇三一

おさまりかけていた泣き声をふたたび張り上げて、娘が言った。
「ぜったいに、お願いしたいことがあったんだもん」
その言葉に、セホは娘をぎゅっと抱きしめた。
「パパに言ってごらん。パパがなんでもきいてあげるから」
娘はいやいやをするように首を左右に振った。
「パパじゃダメな願いごとなの。神様でなくちゃダメなの」
これ以上話しても仕方なさそうだった。きっと、セホの父親への祈りとか義母についての願いごとなのだろう。セホは娘を抱き上げてハンモックの上に座らせた。振り返ると、老婦人が涙ぐみながら立っていた。
「かわいそうに。おばあちゃんの畑を全部シロツメクサにしたって、願いを叶えてあげたいのに」
セホは老婦人の手を引いてテラスまで連れていき、腰かけさせた。何か手はないかと頭を巡らしているうちに、いいことを思いついた。
「そうだ、宝探しゲームやろうか?」
子供たちが好奇心をあらわにした。セホは財布から一万ウォン札を抜き出した。

「さあ、これをパパが隠すから、見つけた人のものだ。どうだい？」

「やったー」

息子が手を挙げてセホとハイタッチした。娘も泣き顔がすっかり消えていた。セホはハンモックから娘を抱き下ろした。子供たちを落羽松の後ろに立たせた。

「かくれんぼしたことあるだろ？ ルールはあれとおんなじだ。鬼になったときみたいに、〝ムクゲの花が咲きました〟って一〇回言う。そのあいだに、パパが宝物を隠してくるからな」

振り返ってジヒョンに声をかけた。

「ママは審判だ。薄目を開けてこっそり見てる子がいたら、アウトにしてくれよ」

そう言うと、子供たちに背を向けて落羽松の森に入っていった。一〇歩ほど進んだところで木の陰に身を隠した。紙幣をくるくる巻き、幹の節くれだったところに挿し込む。そして少し後ずさりして、宝物の隠し場所を眺めた。セホはもう一度、紙幣の頭をわずかに引き出した。子供たちが探すのに難しすぎもせず、簡単すぎもしないくらいには隠せたようだった。

彼は子供たちのもとに戻った。

「さあ、よーいドン!」

二人が駆けだした。セホは子供たちの後をついていって、落羽松の根元を一本一本指し、隠し場所の範囲を教えた。

「この中にあるからな」

子供たちが地面ばかり見て回るので、セホは大声で言った。

「ヒント! 地面にはありません」

ようやく、子供たちは木をチェックをしはじめた。

子供たちを残して、セホはテラスに戻った。母娘が何かの話で笑いあっていた。老婦人がセホに、聞いてちょうだいと言った。

「おたくの奥さんが小さい頃の話なんだけどね。この子、遠足の日っていうと泣いて帰ってきたのよ」

「母さんったらもう。私がいつそんなことしたっていうのよ」

「キムさんもご承知のとおり、この子、ちょっと欲の皮が突っ張ってるでしょ。そんな子が、他のみんなはちゃんと宝探しに成功してるのに、一度どころか毎回見つけられないもんだから、そりゃあ悔しがってね、決まって泣いて帰ってくるのよ」

〇三四

今日一日で一番明るい笑顔を浮かべながら、老婦人が娘と婿を眺めた。
「本当にいやになっちゃう。覚えてないって言ってるのに、しつこいんだから。そりゃ一度くらいは泣いたかもしれないけどね。それに、一回も宝物見つけられなかったってどういうこと？　四年生のときだったかな、賞品でノート、もらってきたわよ」
「そうでしょうとも。あんまり泣くもんだから、一度はね、ほら、うちの裏のヤンさんちの息子、いるでしょ。あの鼻穴の大きな次男坊。鼻に雨が入りそうだってみんなで言ってた子」
「ああ、デカ鼻ね？」
「あの子、宝探しの名人だったじゃない？　いくつも見つけて、友だちに売りつけたりして。あの子の母親に聞いたらね、コツがあるんだって言うのよ。遠足で先生たちをじっと見てると、宝物の隠し場所がわかるんだって。その一回はね、私があの子に一〇〇〇ウォン握らせて、頼んだんじゃなかったかしらね。うちの子の通る道に、こっそりひとつだけ落としておいてちょうだい、って」
「うそ、そんなことがあったの？」

ジヒョンはあっけにとられて笑うこともできない様子だった。老婦人は顔色ひとつ変えず、淡々と言葉を続けた。
「だから、今もヤンさんちの次男坊は好きだわね。口がものすごく堅いから」
「なによ、子供のくせにいやにちゃっかりしてたのね。でもまあ、母さんは記憶力もいいわ。そういうことを全部覚えてるんだもの」
「秘密だったから」
「たいそうな秘密を、後生大事にされてましたこと」
皮肉る娘を老婦人は、小さい子をもどかしく眺めるような目で見ていた。子供たちが走ってきた。息子が紙幣を高く掲げ、見つけたーと叫んでいる。その後ろを走りながら、娘がっかりした声で言った。
「もう一回」
今度はジヒョンの出番だった。セホが財布から紙幣を一枚抜き取り、ジヒョンに差し出した。
「もう一枚出してよ。今まで母さんの話、何聞いてたの？　自分の娘が泣いて戻ってくる姿を、もう一度見たい？」

「ママ、それあたしのこと?」
娘が自分のことかと尋ねてきた。
「違うわよ。あなたも目をパッチリ開けて、ちゃんと探してね」
ジヒョンが二枚の紙幣を手に森へ入った。セホは子供たちを引き寄せ、膝に顔をうずめさせた。子供たちは楽しそうに、"ムクゲの花が咲きました"と叫んだ。
すぐにジヒョンが戻ってきた。息子は駆けていく途中でふり返り、ジヒョンに質問した。
「ヒントは?」
ジヒョンが大声で言った。
「落ち葉はとってもフカフカだなあ」
子供たちはふたたび走り出した。
大人たちは、今度は宝探しをする子供たちの姿をほほえましく見つめていた。二人がほぼ同時に足下からお金を拾い上げた。娘が兄よりもきびきびした走りで戻ってきた。目をまん丸にして紙幣を振っている。息子はとぼとぼ歩いてきて、つまんないや、と言った。

〇三七

「そろそろ帰る時間だな」
セホが椅子をはらって立ち上がった。
「もう一回だけやってからかえろうよ。宝さがし、たのしいんだもん」
娘が足をバタバタさせて駄々をこねた。ジヒョンがセホに顎をしゃくって合図した。
「じゃあ、今度はおばあちゃんに隠してもらおうか?」
老婦人は激しく手を左右に振った。
「おばあちゃん!」
子供二人が老婦人の腕をとってせがんだ。
老婦人はセーターのポケットをひっかき回し、手を振った。セホが慌てて財布を取りだした。紙幣はさっきので最後らしかった。出てきたのは宝くじが五枚に名刺が数枚、それに出張で残った一〇〇ドル札が一枚だった。彼はジャンパーのポケットを探った。なにか固めのレシートが出てきた。公園のマークが描かれた駐車券だった。なぜこれがここに、という表情で妻を見た。ジヒョンが横目でにらんでいた。
「仕方ないので、これでお願いします」
セホはすばやく一〇〇ドル札を抜きとって義母に渡した。

老婦人はしぶしぶ受け取るとテラスを降り、重い足取りで森へ向かった。セホが娘を、ジヒョンが息子を胸に抱き、目を塞いだ。

今度は夫婦二人が大声で、"ムクゲの花が咲きました"を繰り返した。息子が頭をもぞもぞ動かし、ジヒョンが息子の背中をはたいた。

「動いたらアウトよ」

しばらくして老婦人が帰ってきた。

「年甲斐もないことをしちゃったわ」

夫婦は子供たちから手を離した。

子供たちが宝物を探している間に、大人は荷物をまとめた。日が傾き、テラスは日陰になっていた。ジヒョンが老婦人の肩に毛布を羽織らせた。

息子が戻ってきた。

「見つかんないよ。ヒントちょうだい、おばあちゃん」

娘はまだ森に残ったまま、あの木かこの木かとうろうろ宝物を探している。

「木を見てごらん。わかんないように、上手に隠しておいたからね。ジヒョンにもそう教えておやり」

「母さん、私がどうしたの？」
「あらやだ、うっかりして」
 それでもすぐには孫娘の名前が出てこないらしく、老婦人は顔を歪めた。息子は森へと駆けていった。
 夫婦は老婦人の脇を支えて庭に降りると、子供たちを待った。子供たちが戻ったらすぐに出発するつもりだった。
 森の中から、子供たちが叫んだ。
「見つからないんだってば」
 三人は森へ向かった。子供たちは疲労困憊した様子で立ちつくしていた。ジヒョンが笑顔で声をかけた。
「じゃあ、今回はパスってことね」
「やだよ。もっとヒントちょうだい」
 子供たちが老婦人の方を見た。いつのまにか老婦人は一本の木の前にかがみこんでいた。夫婦と子供たちが近づいた。四人でぐるりと木を取り囲み、木に話しかけるみたいに覗きこんだ。老婦人はしきりに首をかしげ、その隣の木に移動した。家族もま

た老婦人についていった。大きく息を吐きながら、老婦人が後ずさりした。ゆっくりと首を動かし、森を見回す。老婦人の顔から、次第に生気が失われていった。
家族は散らばって、黙々と森を探した。
「母さん、木に隠したのはまちがいないの？」
「お義母さん、このへんまでは来てませんよね？」
老婦人はよくわからないという表情で、首を横に振った。
やがて彼らは、ふたたび老婦人のもとに集まった。
セホが言った。
「お義母さん、大丈夫ですよ。そろそろ行かなきゃいけないですしね」
腕時計を見て、子供たちを見回した。
「ソウルに戻るには、ちょっと遅くなっちゃったな」
そのとき、ジヒョンが金切り声をあげた。
「どこ行くっていうの？　見つけてから帰るのよ。母さん、必ず見つけよう。ちゃんと思い出してよ」
セホがジヒョンを強く見つめた。目で老婦人を示し、その老婦人は、誰もいない森

〇四一

に置き去りにされた子供のように呆然としていた。ジヒョンは手で顔を覆うと、地面にへたりこんだ。
「母さん、本当にどうしちゃったのよ」
セホが妻を支えて立ち上がらせた。片手で子供たちをうながし、もう一方の手で老婦人の袖を引きながら言った。
「さあ、もう行こう」
老婦人は泣き顔になり、何度も何度も後ろを振り返った。
「大丈夫ですよ、お義母さん。なんの問題もないですから」

訳者解説

「遠足（소풍）」は、作家チョン・ソンテ（全成太）の短編集『二度の自画像（두 번의 자화상）』（二〇一五）の冒頭に置かれた一編である。本作をあわせ一二編が収められているが、そのいずれにも、「いま」を生きる人々の息づかいが感じられる。

六年ぶりとなったこの短編集で、チョン・ソンテは二〇一五年に李孝石(イヒョソク)文学賞を受賞した。審査員は作品を評して「個人と社会が出会う地点を緻密で暖かなまなざしで再現し、小説の役割を感じさせてくれた」と語っている。日本でチョン・ソンテの作品が紹介されるのは、この「遠足」が初めてとなる。

チョン・ソンテほど、「小説の役割」を意識してきた作家は珍しいかもしれない。そういう意味ではちょっとした異色の存在である。

生まれは一九六九年。朝鮮半島の最南端に近い全羅南道高興（チョルラナム・ド・コフン）の、世帯数二〇ばかりの小さな村で育った。中央大学文芸創作学科および大学院を修了し、一九九四年に「鶏追い（닭몰이）」で実践文学新人賞を受賞、文壇デビューを果たす。二〇〇〇年には初の短編集『埋香（매향）』で申東曄（シンドンヨプ）創作基金を受賞。さらに、二〇〇九年に発表した短編集『狼（늑대）』では、蔡萬植文学賞（チェマンシク）（二〇〇九）と無影文学賞（ムヨン）（二〇一〇）をダブル受賞している。

ちなみに、同世代の作家にはパク・ミンギュ（一九六八年生）がいる。凄惨ないじめから始まって、人類の存亡を決する卓球の大勝負へとなだれこむ『ピンポン』など、その奇想天外で自由な世界はまさに唯一無二、異色の存在だ。だが、チョン・ソンテの場合の「異色」はベクトルがまったく違っていた。デビュー当時から「小説は現実への発言」ととらえ、徹底したリアルにこだわった。小説の舞台は都市や架空の世界ではなく、作家の故郷を思わせる農村や寂れた地方都市。そこで、そう生きるよりほかない人生のかなしみをつむいでいく。たとえば、『埋香』に描かれているのは、刑務所を出たり入ったりの男と建設現場の飯場を転々としてきた女が寄り添うように暮らし始めた農村での

〇四四

悲劇（「道（길）」）であり、農業後継者になることを覚悟するも土俗的な風習にたじろぐ若者（「鶏追い」）であり、小児麻痺の少年と精神を病んだ女性が廃鉱の村で過ごす喪失の時間（「謝肉祭（사육제）」）だ。生き生きとした会話が登場人物の生きざまにリアリティをあたえ、日常を描いているからこそ、そこに息を潜めていた落とし穴のような悲劇に胸をつかれる。その職人的な手腕と、にしてもなぜこの時代に若手作家が農村小説に胸をつかれる？ という意外性によって、チョン・ソンテは「異色の作家」「固有の存在」と評価されてきた。

時代を振り返れば、九〇年代前半は韓国がつかのまの豊かさを味わっていた時期である。IMF危機に見舞われる数年前。民主化が叶い、ようやく軍事政権が終わりを告げた。誰もが自由を謳歌しようとしていたそんな時代だからこそ、チョン・ソンテは地方都市の、時代に取り残されたかのような人生を書きためていったのだろう。小説の役割は、現実に対して声をあげることだから。時代に押し流され、まるでないことのようにされてしまっている現実を描くことこそ、小説にできることだから。

その後の作品にも、「時代に取り残された人生を描く」という彼の姿勢は一貫

〇四五

していた。二〇〇五年に発表した長編『女理髪師（여자 이발사）』では、戦後も朝鮮半島に残ったため加害者側と責めを負う日本人妻の日々が描かれている。実生活では左派系作家団体「民族文学作家会議」（現・韓国作家会議）の事務局長も務めた。韓国文学のひとつの流れに、徹底的に現実を描くことで社会のありようを問うリアリズム文学があるが、チョン・ソンテはその正統な後継者と目されてきた。

だが、実はこの「遠足」を書くまで、作家は長いスランプに陥っていたという。もともと寡作の作家といわれていたが、四〇の峠を越えるあたりから、どう小説を書いたらいいのか具体的なイメージが結ばなくなったらしい。「僕らが願うようないい社会になったら、欲望という問題は解決されるのか」、そんな疑問が頭に浮かんだと語っている。

そうかもしれないな、と思う。時代はかつてないスピードで疾走し、社会は複雑になるばかり。加害と被害は簡単には線引きできず、かつてにくらべれば選択肢は増えているはずなのに、閉塞感が漂う。日本同様、いや日本以上にそうした

〇四六

気配の濃い韓国社会にあって、小説を現実に向かってあげる声だとしていたチョン・ソンテには、その声を探る時間が必要だったのかもしれない。

そして六年後。本作がスランプの長いトンネルを抜けすきっかけになった。チョン・ソンテは「遠足」を、「書くべき小説の像が結んだ作品」としている。

生意気盛りの息子とおしゃまな娘。海外出張に忙しい夫としっかり者の妻、そして妻の母。

「遠足」は、傍目には幸せそのもののように映る一家が五月のある日遠出をする、ただそれだけの物語だ。時間にすれば半日程度だろうか。かつて描かれたような廃れた地方都市でもなければ、時代に置き去りにされた人生の記録でもない。むしろ、外形的にはある種の勝ち組に見えなくもない。

しかし冒頭の描写から、この物語が決して〈幸せ家族のすてきな休日〉を描いたものでないことが予感される。夫のセホは二日酔いで車に乗っているのがやっとの状態だし、妻のジヒョンは妙に神経を尖らせている。子供たちは楽しげだが、両親のあいだの微妙な空気や祖母の不可解な言動を敏感に察知する。祖母の認知

〇四七

症の気配はたしかにこの遠足に暗い影を落としていくのだけれど、その手前でわたしたちは、一家が互いへの不満をぐっとのみこみ、つとめて遠足を楽しもうとしていることを感じる。そしてこう思うのだ。そうそう、家族って、こういうことあるよね、と。

一見満ち足りて見えながら、その実、日々のいらだちや明日への不安としずかにたたかう日常。それが、チョン・ソンテがスランプ後に見いだした「いま」という時代だった。登場人物は、時代に取り残された人生ではなく、時代の渦中でもがく人生を生きている。そしてそれはわたしたちの物語でもある。不安や恐れを描きながらもどこか見守るような語り口調に、チョン・ソンテから同時代人へ向けたエールが伝わってくる。

『二度の自画像』の短編一二編は、それぞれが人生としずかに格闘する物語である。売春を生業とする母のもとで育った娘の初恋（「釣りをする少女（낚시하는 소녀）」、二〇一二年度第五七回現代文学賞受賞作）、不法滞在の外国人労働者が韓国を出国するまでの緊迫（「見送り（배웅）」、そして半島が南北に分断された

ことで生じた離散と痛み(「労働新聞(로동신문)」、「墓参(성묘)」、「望郷の家(망향의 집)」など。チョン・ソンテがその独自のまなざしで描いた現実がどんなものか。ひとつでも多くの作品が、日本語で紹介されることを切に望んでいる。

小山内園子

著者

チョン・ソンテ(全成太)

1969年、全羅南道高興郡生まれ。
中央大学文芸創作学科および同大学院修了。
1994年、農村の若者の半日を風刺的な筆致で描いた短編
「鶏追い」で実践文学新人賞を受賞し文壇デビュー。
その作品は金裕貞と蔡萬植、李文求の文体を受け継いでいるとも評され、
中学・高校の教科書にも掲載されている。短編集『狼』で蔡萬植文学賞と
無影文学賞をダブル受賞したほか、本作「遠足」を収めた短編集
『二度の自画像』で李孝石文学賞を受賞した。
2017年には『狼』の英訳がアメリカで刊行されている。


訳者

小山内園子(おさない　そのこ)

1969年生まれ。東北大学教育学部卒業。
NHK報道局ディレクターを経て、
延世大学などで韓国語を学ぶ。
訳書に姜仁淑『韓国の自然主義文学——韓日仏の比較研究から』(クオン)、
キム・シンフェ『ぼのぼのみたいに生きられたらいいのに』(竹書房)、
リュ・ジョンフン他『北朝鮮 おどろきの大転換』(共訳、河出書房新社)
がある。

韓国文学ショートショート
きむ ふな セレクション 03
遠足

2018年10月25日　初版第1版発行


〔著者〕チョン・ソンテ（全成太）
〔訳者〕小山内園子
〔ブックデザイン〕鈴木千佳子
〔ＤＴＰ〕山口良二
〔印刷〕大日本印刷株式会社

〔発行人〕　永田金司　金承福
〔発行所〕　株式会社クオン
〒101-0051　東京都千代田区神田神保町1-7-3 三光堂ビル3階
電話 03-5244-5426　FAX 03-5244-5428　URL http://www.cuon.jp/

© Jeon Sung-tae & Osanai Sonoko 2018. Printed in Japan
ISBN 978-4-904855-78-2 C0097
万一、落丁乱丁のある場合はお取替えいたします。小社までご連絡ください。


소풍
Copyright ©2015 by Jeon Sung-tae
Originally published in Korea by Changbi Publishing, Inc.
All rights reserved.
Japanese translation copyright ©2018 by CUON Inc.
Korean-Japanese bilingual edition is published by arrangement with
Changbi Publishers, Inc. through K-BOOK Shinkokai.

This book is published under the support of
Literature Translation Institute of Korea (LTI Korea).

그는 손목시계를 보고 아이들을 돌아보았다.

"서울까지 돌아가려면 늦겠다."

그러자 지현이 신경질적으로 소리쳤다.

"어디를 가? 찾고 가. 엄마, 꼭 찾아. 잘 기억해봐."

세호는 지현에게 눈을 부릅떴다. 그는 눈짓으로 노인을 가리켰고, 노인은 아무도 없는 숲에 버려진 아이처럼 혼이 빠져 있었다. 지현이 손에 얼굴을 묻고 땅바닥에 주저앉았다.

"엄마, 정말 왜 이래?"

세호는 아내를 일으켜 세웠다. 그는 한손으로 아이들을 몰고 다른 한손으로는 노인의 소매를 끌면서 말했다.

"자, 이제 가자."

노인이 울상이 되어 자꾸 뒤를 돌아보았다.

"괜찮아요, 장모님. 아무 문제 없어요."

"못 찾겠어요!"

세 사람은 숲으로 들어갔다. 아이들은 지쳐서 서 있었다. 지현이 생글거리며 말했다.

"그럼 이번 판은 포기한 거다."

"싫어요. 힌트를 더 주세요."

아이들은 제 할머니를 바라보았다. 이미 노인은 나무 한 그루 앞에 허리를 접고 서 있었다. 부부와 아이들이 다가갔다. 네 사람은 빙 둘러서서 나무에게 말을 걸듯이 들여다보았다. 노인이 고개를 갸우뚱하고는 그 옆 나무로 자리를 옮겼다. 다시 가족들은 노인을 따라갔다. 노인이 한숨을 내쉬며 뒤로 물러났다. 노인은 천천히 고개를 돌려 숲을 둘러보았다. 얼굴이 점점 사색이 되어갔다.

가족들은 각자 흩어져서 아무 말도 없이 숲을 더듬었다.

"엄마, 나무에 숨긴 거 확실해?"

"장모님, 여기까지 오시진 않았죠?"

노인은 모르겠는 표정으로 고개를 저었다.

잠시 후 그들은 다시 노인 곁으로 모였다.

세호가 말했다.

"장모님, 괜찮아요. 이제 가야겠는걸."

"반칙할 거야?"

한참 만에 노인이 돌아왔다.

"내가 참 별짓을 다 한다."

부부는 아이들을 풀어주었다.

아이들이 보물을 찾는 동안 어른들은 짐을 정리했다. 해가 기울어서 발코니는 그늘이 되었다. 지현은 담요를 노인의 어깨에 덮어주었다.

아들 녀석이 돌아왔다.

"못 찾겠어요. 힌트를 주세요, 할머니."

딸아이는 아직 숲에 남아 이 나무 저 나무를 옮겨다니며 보물을 찾고 있었다.

"나무를 봐. 아주 꼭꼭 숨겨놨단다. 지현이한테도 알려줘."

"엄마, 뭘 나한테 알려줘?"

"아이쿠, 내 정신머리 좀 보게."

그러면서 노인은 손녀딸 이름이 얼른 생각나지 않는 듯 인상을 썼다. 아들이 숲으로 달려갔다.

부부는 노인을 부축해 마당으로 내려서서 아이들을 기다렸다. 아이들이 돌아오면 바로 떠날 생각이었다.

숲에서 아이들이 소리쳤다.

"그럼 이번에는 할머니한테 숨기라고 할까?"

노인은 손사래를 쳤다.

"할머니!"

두 아이가 노인의 팔을 붙들고 졸랐다.

노인이 스웨터 주머니를 뒤적이더니 손을 내저었다. 세호는 얼른 지갑을 꺼냈다. 지폐는 그게 전부였던 모양이었다. 지갑에서는 연금복권 다섯장과 몇장의 명함 그리고 출장길에 남긴 백달러짜리 지폐가 한장 나왔다. 그는 점퍼 주머니를 뒤졌다. 무슨 빳빳한 영수증이 나왔는데 공원 마크가 찍힌 주차권이었다. 그는 왜 이게 여기 있담, 하는 표정으로 아내를 바라보았다. 지현이 흘겨보았다.

세호는 얼른 백달러 지폐를 뽑아서 장모에게 건넸다.

"할 수 없이 이걸로 해야겠어요."

노인은 마지못해 받아들고는 발코니를 내려가서 숲으로 힘겹게 걸어갔다. 세호는 딸을, 지현은 아들을 가슴에 품어 눈을 가렸다.

이번에는 두 부부가 큰소리로 무궁화꽃이 피었습니다, 를 셌다. 아들 녀석이 머리를 꿈지럭거려서 지현은 아이 등을 후려쳤다.

"아냐. 너도 눈 크게 뜨고 잘 찾아봐."

지현은 지폐 두 장을 들고 숲으로 들어갔다. 세호는 아이들을 끌어다가 제 무릎에다가 얼굴을 묻게 했다. 아이들은 신이 나서 무궁화꽃이 피었습니다, 를 세었다.

머잖아 지현이 돌아왔다. 아들 녀석이 뛰어가다 말고 돌아서서 제 엄마에게 물었다.

"힌트는요?"

지현이 소리쳤다.

"낙엽이 참 폭신폭신하더라."

아이들이 다시 뛰어갔다.

이번에는 어른들이 애들 보물 찾는 모습을 흐뭇하게 구경했다. 거의 동시에 아이들이 발밑에서 돈을 주워 들었다. 딸아이가 제 오빠보다 날래게 뛰어왔다. 눈이 동그래져서 지폐를 흔들었다. 아들 녀석은 터벅터벅 걸어와서는 시시하다고 말했다.

"이제 돌아가야 할 시간이 됐네."

세호는 자리를 털고 일어났다.

"한번만 더 하고 가. 보물찾기 재미있단 말이야."

딸아이가 발을 구르며 떼를 썼다. 지현이 세호에게 고개를 까닥였다.

"세상에, 그런 일이 있었어?"

지현은 기가 막혀서 웃음도 나오지 않는다는 표정이었다. 노인은 어떤 동요도 없이 차분하게 말을 이었다.

"그래서 지금도 나는 그 양가네 둘째아들을 좋아한다. 입이 아주 무거운 애니까."

"뭔 애가 징그럽게 영악하대. 암튼 엄마는 기억력도 좋수, 그런 걸 다 기억하게."

"비밀이었으니까."

"참 대단한 비밀도 간직하고 사셨네."

핀잔을 주는 딸을 노인은 어린애 보듯 애틋하게 바라보았다.

아이들이 뛰어왔다. 아들 녀석이 지폐를 손에 치켜들고 찾았다고 소리쳤다. 딸아이가 뒤따라와 상심한 목소리로 말했다.

"또 해."

이번에는 아이들 엄마가 나섰다. 세호는 지갑에서 지폐 하나를 꺼내 지현에게 내밀었다.

"한장 더 내놔. 지금껏 당신은 엄마한테 뭘 들었어? 당신 딸이 울고 오는 꼴을 또 봐야겠어?"

"엄마, 내 얘기해?"

딸아이가 제 이야기인 줄 알고 물었다.

"엄마는? 내가 언제 그랬다고 자꾸 그래."

"자네도 알다시피 욕심이 좀 많은 아인가. 그런 애가 다른 애들 다 찾는 보물을 한번도 아니고 번번이 못 찾으니까 아주 분해서 노상 울고 오는 거야."

노인이 오늘 지은 표정 중에 가장 밝게 웃으며 딸과 사위를 바라보았다.

"어이구, 참. 나는 기억도 없는데 자꾸 우기실까. 한번이나 울었는지는 몰라. 그리고 왜 한번도 보물을 못 찾아? 사학년 땐가 상품으로 공책도 받아 왔구만."

"그랬지. 애가 하도 울고 다녀서 한번은 왜 그 우리 뒷집 양가네 아들 있잖니, 그 콧구멍이 번한 둘째아들 말이다. 코에 비 들겠다고 다들 한마디씩 하던 애."

"아, 양코?"

"걔가 보물찾기 선수 아니었냐. 표를 몇장씩 찾아서 동무들한테 장사도 하던 애였지. 그 집 여편네한테 들어보니까 그게 다 비결이 있더구나. 소풍 가면 선생님들만 쳐다보고 있다가 보물 숨긴 데를 훔쳐본 모양이더라. 한번은 내가 걔한테 천원이나 쥐여주고 부탁을 했지 않겠냐. 네가 가는 길에다가 살짝 한장만 흘려 놓으라고 말이야."

세호는 돌아서서 지현에게 말했다.

"당신은 심판이야. 눈 뜨고 훔쳐보는 애 있으면 아웃시켜."

세호는 아이들을 등지고 낙우송 숲으로 들어갔다. 열걸음쯤 걸어서 낙우송 뒤로 몸을 숨겼다. 지폐를 돌돌 말아 나무줄기 옹이 진 데에다가 끼웠다. 그리고 조금 물러서 보물 숨긴 데를 바라보았다. 세호는 다시 지폐를 조금 더 빼놓았다. 아이들이 찾기에 어렵지도 쉽지도 않을 만큼 숨겨진 것 같았다.

그는 아이들 곁으로 돌아갔다.

"자, 출발!"

두 아이가 뛰어갔다. 세호는 아이들을 따라가서 낙우송 둥치들을 일일이 손으로 짚으며 놀이터의 경계를 알려주었다.

"이 안에 있어."

아이들이 주로 땅바닥을 보고 다니길래 세호는 소리쳤다.

"힌트! 땅바닥에는 없습니다."

그제야 아이들이 나무를 옮겨 다니며 살펴보았다.

세호는 아이들을 남겨두고 발코니로 돌아왔다. 모녀가 무슨 얘기 끝에 웃고 있었다. 노인이 사위 들으라고 말했다.

"어멈이 어렸을 때 얘기네. 얘가 소풍날만 되면 울고 돌아왔어."

더 묻는다고 될 일은 아닌 것 같았다. 아마도 제 할아버지를 위한 기도이거나 외할머니를 위한 소원이었는지 모른다. 세호는 딸아이를 안아서 해먹에 앉혔다. 그래놓고 돌아섰더니 노인이 눈물이 글썽해서 서 있었다.

"하이고, 참! 할미가 온 밭을 토끼풀 밭으로 만들어서라도 우리 강아지 소원을 들어줄란다."

세호는 노인의 손을 이끌어서 발코니에 앉혔다. 뭐라도 해야 할 것 같아서 궁리를 하다가 좋은 생각이 떠올랐다.

"얘들아, 우리 보물찾기 할래?"

아이들이 호기심을 드러냈다. 세호는 지갑에서 만원권 지폐를 꺼냈다.

"자, 이걸 아빠가 숨길 테니 찾는 사람이 갖는 거야. 어때?"

"좋아요."

아들이 손을 들어 세호와 하이파이브를 했다. 딸아이도 울음기가 싹 가셔 있었다. 세호는 해먹에서 딸아이를 안아 내렸다. 아이들을 낙우송 뒤에 세웠다.

"숨바꼭질 해봤지? 규칙은 똑같아. 너희들은 술래처럼 무궁화 꽃이 피었습니다, 를 열번 헤아려. 그동안 아빠가 보물을 숨겨놓고 올게."

"안 싸웠어."

"어디 다쳤어?"

노인이 손을 내저었다.

"아무리 찾아도 이파리 넉장 달린 게 없어야. 나라도 찾았으면 좀 좋으련만 원, 눈이 까물까물해서 뭐가 보여야지. 이 조막만 한 손으로 그것 찾겠다고 볕에 쪼그려 앉아설랑…… 어휴, 딱해 혼났다."

노인은 손녀의 낯을 썩썩 훔쳐주며 안타까움에 어쩔 줄 몰라 했다.

"그만 울어. 할미가 이제 알았으니까 많이 찾아놨다가 담에 내려올 때 줄게. 그만 울어라. 하이고, 참."

세호는 딸아이 앞에 무릎을 꿇고 손을 당겼다.

"에이, 창피하게 그거 못 찾았다고 울어?"

딸아이가 잦아든 울음을 다시 터뜨리며 말했다.

"내가 꼭 빌고 싶은 소원이 있었단 말이야."

그 말을 듣고 세호는 딸아이를 꼭 껴안았다.

"아빠한테 말해봐. 아빠가 뭐든 들어줄게."

딸아이는 도리질을 했다.

"그건 아빠가 들어줄 수 없는 소원이야. 하느님밖에 못해."

고맙다고 인사하고 화장실로 갔다. 세면대에 커피를 반 남짓 붓고 주머니에서 위스키를 꺼내 잔에 부었다. 위스키 향이 진했다. 커피는 마시기 적당하게 식었다. 세면대 앞에서 연거푸 두모금을 마셨다.

세호는 주인여자에게 팥빙수와 커피 값을 계산했다. 창밖으로 보니 지현은 흔들리는 해먹에 누워 있었다.

세호는 발코니로 돌아와 지현을 바라보며 남은 술을 천천히 마셨다. 해먹이 가만히 멈추고, 지현은 가슴에 두팔을 올리고 반듯이 누워 있었다. 잠든 모양이었다. 담요를 가져다가 아내를 덮어주었다.

세호는 테이블로 돌아와 장의자에 드러누웠다. 팔을 들어 시계를 보았다. 오후 세시가 지나고 있었다.

세호는 딸아이의 울음소리에 잠에서 깼다. 장모와 아이들이 돌아와 있었다. 손목에 꽃시계를 묶은 딸아이가 훌쩍이고 있었고, 장모는 난처한 얼굴로 딸아이를 달랬다. 얼굴이 발갛게 익은 아들아이도 골이 난 것처럼 입이 튀어나와 있었다. 지현이 화들짝 놀라서 해먹에서 내려서며 물었다.

"너희들 또 싸웠어?"

아들 녀석이 펄쩍 뛰었다.

"예민하게 굴었으면 미안해. 부서 옮기고 경기도 안 좋고 해서 스트레스 받아서 그래. 곧 괜찮아질 거야."

지현이 길게 한숨을 쉬었다. 시선을 돌리고 앉은 그녀는 거짓 말처럼 눈물이 글썽했다.

"우리도 이런 까페 하나 차려볼까?"

지현이 중얼거렸다. 햇볕이 그들의 등으로 따스하게 내리쬐고 있었다. 해먹과 노란 햇살과 연둣빛 낙우송 그늘과 그리고 온전히 그들에게 편입되지 않을 것 같은 시간들이 몽환적인 분위기를 자아내고 있었다. 세호는 졸음에 겨운 사람처럼 중얼거렸다.

"한 십년 뒤에. 이런 데다가."

그러고는 커피잔을 들고 일어나며 지현에게 물었다.

"당신 커피 좀 더 마실래?"

"줘. 내가 갖다줄게."

지현이 손을 내밀었다.

"아니야. 화장실에도 다녀오려고."

그는 머그잔을 들고 까페로 들어가 주인여자에게 리필을 부탁했다.

"반만 주세요."

머잖아 커피가 나왔다. 커피는 잔 가득 채워져 있었다. 그는 잠시 두 사람은 말이 끊겼다.

"당신, 아버님 보내고 힘들어?"

지현이 조금 나긋해진 얼굴로 말했다.

"고모가 그러더라, 생전에 데면데면했어도 당신 맘이 천천히 오래 갈 거라고."

그런 소리를 세호는 장례를 치르며 여러 사람에게 들었다. 그는 아내에게 가만히 말했다.

"그렇지 않아. 그런 거 없어. 그렇지만 당신이 치매가 무슨 복인 것처럼 말하지 않았으면 좋겠어. 남 얘기처럼 하지 않았으면 좋겠어."

"여보!"

지현이 발끈했다. 그녀는 금방 울 것 같았다.

"그런 뜻이 아닌 것 알잖아. 어떻게 그렇게 말해."

"나도 알아. 위로하느라 하는 소리란 거 알아. 그래도 당신한테서 그런 말 듣는 건 싫어."

"봐, 당신은 솔직히 충격이 큰 거야. 예민해졌고 부쩍 술도 늘고. 이참에 회사 옮기면 안돼?"

"난데없이 무슨 회사 이야기야?"

세호는 피식 웃었다.

"가보지 않아도 될까?"

숲에 시선을 그대로 두고 지현은 나른한 목소리로 대답했다.

"엄마가 함께 가셨잖아."

"그러니까 말이야. 괜찮겠지?"

지현이 세호를 건너다보았다.

"왜? 무슨 일 있어?"

"아니야. 애들이 이상한 소리를 해서……"

세호는 작심한 듯 당겨 앉았다.

"장모님이 조금 이상하시지 않아?"

"뭐가 이상해?"

"애들 말로는 옷에 실수를 하신 것 같다던데?"

지현은 실소를 터뜨리며 세호가 실없는 소리를 한다는 투로 말했다.

"아는 척하지 마. 노인네들은 종종 그래. 애들이 참 요망하네."

"꼭 그것만이 아니야."

세호는 대답거리를 생각했고 지현은 표정 없이 기다렸다.

"모르겠어. 암튼 느낌이 좀 그랬어. 설마 그렇지 않겠지?"

세호는 머리를 흔들었다.

"이이도 참…… 요실금이야, 오래전부터 앓고 있는."

"토끼풀. 이파리 네개 달린 거 찾겠다고 쟤가 저러우."

아아, 노인은 고개를 끄덕였다.

"그럼 어디 이 할미랑 가서 찾아볼까?"

노인이 담요를 벗어놓고 일어섰다.

"아니에요, 장모님. 제가 갈게요."

세호는 만류하며 일어섰다. 노인이 손사래를 쳤다.

"우리 강아지들하고 놀고 싶어서 그래. 이런 날이 또 언제 있을리."

노인은 아이들을 내몰듯 손짓을 해서 앞세웠다.

"토끼풀은 그늘에서는 안 나니라. 풀밭으로 가야지. 어서 가자."

아이들은 양쪽에서 노인의 손을 잡고 마당으로 내려섰다. 지현이 아이들에게 일렀다.

"할머니 힘드시니까 너무 오래 있지 마. 하나씩만 찾고 와."

노인과 아이들이 숲을 가로질러가는 모습을 부부는 지켜보았다. 세호는 작으나 충만한 행복이 지금 막 곁을 스쳐가는 걸 느꼈다. 지현은 흐뭇한 표정을 짓고 있었다. 그런 눈빛 너머로 위태롭고 간절한 기색도 읽어냈다. 세호는 아내가 안쓰러웠다. 부부만 남은 테이블에 적막이 흘렀다. 세호가 말했다.

었다.

"네잎 클로버 찾으러 가, 아빠!"

"커피 조금 남았는데."

세호는 커피를 한모금 넘기고 테이블에 잔을 내려놓았다.

"외할머니 뵈러 왔으면서 너희끼리 놀면 어떡해? 네잎 클로버는 집에 가서도 찾을 수 있잖아."

그래도 딸아이는 몸을 꼬았다. 지현이 혀를 찼다.

"쟤는 뭐에 꽂히면 사족을 못 써요."

"소원이 있단 말이야."

딸아이가 새침하게 말했다.

"뭔데?"

"말하면 행운이 사라지잖아."

어른들이 웃었다. 세호가 물었다.

"그러니까 비밀이구나?"

딸아이는 입술을 사리물고 다시 고개를 끄덕였다. 세호는 몸을 기울여 아이에게 귀를 바짝 댔다.

"아빠한테만 말해봐."

딸아이는 단호하게 고개를 저었다. 노인이 지현에게 물었다.

"우리 강아지가 찾겠다는 게 뭐냐?"

랄랄라 한잎.
랄랄라 두잎.
랄랄라 세잎.
랄랄라 네잎.


행운을 가져다준다는
수줍은 얼굴의 미소.
한줄기의 따스한 햇살 받으며
희망으로 가득한 나의 친구야
빛처럼 밝은 마음으로 너를 닮고 싶어


딸아이는 노래가 끝나기 무섭게 바닥으로 뛰어내려 제 아빠 등 뒤로 숨었다. 어른들이 박수를 쳤다.

"그런 조막만한 입으로 그걸다 어찌외누? 할미는 한줄도 못 따라부르겠구나."

노인이 스웨터 주머니를 뒤적거려 만원 한장을 딸아이에게 안겼다.

용돈을 제 크로스백에 챙겨넣은 딸아이가 세호의 손을 흔들

아들 녀석이 이죽거렸다. "그래?" 하고 세호가 말했다.

"근데 외할머니는 재롱잔치 때 못 오시잖니? 그러니 우리는 귀막고 있을 테니까 할머니한테만 불러드려."

그는 두귀를 막는 시늉을 하며 딸을 바라보았다. 노인도 벙글거리며 거들었다.

"하이고, 아까 보니 우리 강아지가 또박또박 잘하더라. 어디 할미가 먼저 들어볼까."

딸아이는 고민하는 눈빛으로 어른들을 둘러보았다.

"그럼, 귀 막아…… 오빠는?"

아들 녀석은 듣는 척도 않고 이죽거렸다. 세호는 눈을 부라려서 아들이 스푼을 내려놓게 했다. 드디어 딸아이가 의자 위로 오르더니 혀짤배기 소리로 노래를 시작했다. 율동을 곁들여가며 부르는 게 제법 귀염성 있는데 제 엄마의 입술 놀림을 따라 어려운 대목도 잘 넘겼다.

깊고 작은 산골짜기 사이로
맑은 물 흐르는 작은 샘터에
예쁜 꽃들 사이에 살짝 숨겨진
이슬 먹고 피어난 네잎 클로버

"아까요. 차에서 냄새 난다고 할 때요."

세호는 피식 웃었다.

"아니야, 인마."

그래놓고 그는 아들 코에다가 입바람을 후, 하고 불어주었다. 아들이 인상을 쓰며 고개를 틀었다.

"술냄새였네."

"자, 이제 팥빙수 먹으러 가자."

두 아이는 세호의 어깨에 매달렸다. 세호는 두 아이를 어깨에다가 하나씩 매고 발코니로 옮겼다. 노인이 아이들에게 멜론 접시를 밀어주었으나 아이들은 팥빙수를 당겼다. 노인은 멜론을 다시 세호 앞으로 밀어주었다.

"아빠, 네잎 클로버 찾을래."

딸아이가 아들보다 먼저 스푼을 놓았다. 세호는 커피잔을 든 채 말했다.

"그럴까? 근데 요새 배운 그 노래 먼저 듣고 가면 안될까?"

딸아이가 머리를 흔들었다.

"재롱잔치 때 불러야 한단 말이야. 선생님이 그때까지 엄마 아빠한테 비밀로 해야 한댔어."

"다 아는데 무슨 비밀이야."

무슨 비밀이라도 나누는지 아이들은 해먹에 누워 소곤거리고 있었다. 세호는 아이들을 데려오려고 자리에서 일어났다.

"오빠가 말해."

세호가 나타나자 딸아이가 말했다.

"네가 말해."

"무슨 일인데?"

세호는 두 아이를 번갈아 바라보았다.

"있잖아……"

딸아이가 머뭇거리며 입을 뗐다.

"할머니가 이상해. 아까 나한테 지현아, 하고 엄마 이름을 불렀어."

"그것 가지고 할머니가 이상하다는 거야? 아빠도 가끔 너희 이름 잘못 부르곤 하잖아."

"그것뿐이 아니에요."

아들 녀석이 주위를 살피며 말했다. 아들은 비밀처럼 속삭였다.

"옷에다가 쉬하신 것 같아요."

"뭐? 언제?"

세호는 아들을 건너다보며 물었다.

없고, 꼭 나쁘지만도 않은 것 같아."

노인은 가만히 입을 다물었다. 노인은 묵상하듯 한동안 그러고 있었다. 세호는 노인이 무릎 짚은 손을 꼭 쥐었다가 푸는 행동을 유심히 지켜보았다.

"그래서 어디다가 모셨니?"

"어머, 내가 엄마한테 말 안했나, 용인 납골당에 모셨다고? 좋더라, 가깝고 깨끗하고. 시어머니도 그쪽으로 모셔오려고 해."

까페에서 여주인이 팥빙수와 커피를 테이블로 내왔다. 지현이 과도로 멜론에서 씨앗을 긁어내며 주인에게 말했다.

"과일을 가져왔는데 좀 먹어도 되겠지요?"

"그러세요" 하고 주인이 대답했다.

"여기 참 좋네요."

지현이 해먹에 오른 아이들 쪽을 바라보며 흐뭇하게 웃었다. 그러고는 과장된 목소리로 "너희 신발은 벗고 올라가야지" 하고 소리치고는 주인여자를 올려다보았다.

"괜찮아요. 우리 아들이 태국 갔다가 사온 거예요. 지난달에 입대를 했는데 손님들이 좋아해서 그냥 뒀어요."

"얘들아, 팥빙수 먹자."

지현이 손을 까불렀지만 아이들은 기척이 없었다. 저희끼리

"요새도 바쁜가?"

"부서를 옮겨서 덜합니다."

세호는 썬글라스를 고쳐썼다.

"몸이 저번보다 더 축났어."

지현이 낯을 만지는 세호에게 눈을 흘겼다.

"해외출장이 잦아져서 얼굴 보기가 더 힘들어졌어. 홍콩에서 어제 돌아왔는걸. 술을 팔러 다니는 건지 마시러 다니는 건지……"

"바쁘면 좋은 거지."

노인이 지현에게 타박조로 말해놓고 세호를 건너다보았다.

"사돈어른은 웬만하신가?"

세호는 당황한 얼굴로 노인을 쳐다보았다. 평소 노인이 뭉치고 돌려서 내놓는 말투에 갈피를 못 잡기는 하지만, 돌아가신 아버지를 두고 안부를 묻는 건지 위로를 하는 건지 얼른 대답할 수가 없었다. 그래도 딸이라고 지현이 장모의 말을 심상하게 받았다. 그녀는 쇼핑백에 싸온 멜론을 깎고 있었다.

"아버님이 오랫동안 고생 많으셨는데 이제 편히 쉬시겠지. 살아 계실 때 내가 저이한테도 한 얘기지만, 치매 그거, 지켜보는 사람이 괴롭지 정작 본인은 죽음도 모르고 두고 가는 회한도

"아빠!"

딸아이가 소리쳤다. 두아이는 해먹에 올라 누워 있었다. 연둣빛 해먹이 낙우송 두그루 사이에서 제법 운치있게 흔들리고 있었다. 오솔길이 휘어지는 곳, 숲에 면하여 'Cafe Cyprus'라는 상호를 내건 작은 통나무집이 있었다. 마당으로 난 발코니에 육인용 테이블이 놓여 있었고, 그곳은 그늘 한점 없이 볕이 발랐다.

까페 출입문으로 지현과 노인이 걸어 나왔다. 노인은 작년에 가벼운 뇌경색을 앓은 후 걸음걸이가 다소 부자연스러워졌다. 노인은 지현의 소매라도 잡으려는 몸짓으로 오른손을 멈칫거리며 따르고 있었는데 아내는 부주의하게도 성큼성큼 발코니로 걸어왔다. 테이블에 짐을 부려놓으며 지현이 세호에게 말했다.

"따로 자리 잡지 말고 여기서 쉬자."

세호가 해먹을 힘껏 흔들어주자 아이들이 비명을 질렀다. 킬킬 웃으며 발코니로 올라선 세호는 노인의 어깨에 담요를 덮어주고 맞은편 자리에 조금은 서먹하게 앉았다.

"김 서방은 웬 땀을 그렇게 흘려?"

"제가요?"

세호는 이마를 훔쳐냈다.

"날이 좀 덥지 않아요?"

아와 딱히 구별할 만한 점을 찾을 수 없었다. 잎사귀 빛깔이 메타세쿼이아보다 더 옅고 부드러우며 갈색 수피에 붉은 기운이 감도는 것 같았지만 어디까지나 느낌에 불과했다. 세호는 안내문을 설치한 연도를 보고는 낙우송 수령이 사십년이 넘었다는 걸 계산해냈다. 저 거목들이 고작 제 나이 쯤 되었다는 사실에 왠지 위축감이 들었다.

지현에게서 숲 속 까페 쪽으로 오라는 문자메시지가 왔다.

세호는 숲으로 발을 들여놓았다. 네줄로 기둥처럼 선 나무들은 그 인위적인 간격과 대열만으로도 볼거리였다. 오른편으로도 왼편으로도 끝이 보이지 않았다. 풀이나 관목 없이 낙엽만 두껍게 쌓인 숲길은 폭신폭신했으며 공기는 축축하고 서늘했다. 그 원시림 같은 그늘에 서서 세호는 옷을 여미고 가족을 찾아 두리번거렸다. 불현듯 아이들이 그리웠고, 이유 없이 불안해졌다.

이내 세호는 오솔길에서 화살표가 그려진 흰 안내판을 발견했다. 까페 싸이프러스 40m.

그는 왼편으로 몸을 돌렸다. 딸의 목소리가 환청처럼 들려왔다. 예의 그 「네잎 클로버」라는 동요를 부르는 목소리가 틀림없이 들려왔다. 세호는 돗자리와 담요를 겨드랑이에 꼭 끼고 걸음을 재게 놀렸다.

세호는 돗자리를 꺼낸 자리에 다시 상자를 밀어넣었다. 트렁크 한귀에서 야구 글러브가 눈에 띄었으나 귀찮은 생각에 손을 거두었다. 그는 술상자에서 미니 위스키를 한병 더 챙겨서 점퍼 주머니에 넣고 트렁크를 닫았다.

썬글라스를 꺼내쓰고 물로 입을 헹구고 나서 세호는 천천히 가족이 사라진 길로 들어섰다.

볕에 나앉기에는 따갑고, 그늘로 들자니 아까운 날씨였다. 그제는 비가 내렸고 어제는 흐렸다. 행락객들도 봄볕을 좇아 나왔겠지만 죄다 나무에 홀린 섯처럼 메타세쿼이아숲으로 들어가 있었다.

숲 입구에서 세호는 푯말로 만든 안내문을 만나 발걸음을 세웠다. 이 도시에 소재한 농업고등학교에서 연구지로 조성한 낙우송(落羽松) 숲이라는 안내문이었다. 그는 낙우송이 메타세쿼이아의 별칭이 아닐까 생각했는데 안내문에는 메타세쿼이아와 함께 낙우송과의 대표 수종이라고 적혀 있었다. 그 다음 구절은 낙우송이 별개의 수종이라는 사실을 분명하게 알려주었다. 중국이 원산지인 메타세쿼이아와는 달리 낙우송은 미국이 원산지였다. 수피에 이끼가 오르고 그 끝이 가늠되지 않는 늠름한 나무를 세호는 묵묵히 바라 보았다. 그의 눈썰미로는 메타세쿼이

유품을 두달째 싣고 다니는 중이었다. 사십구재도 다 치르고 난 시점에 요양원에서 연락이 왔다. 그는 아버지가 정신을 놓은 채 요양원 침상에 누워 지냈으므로 개인소장품 같은 게 있으리라 생각지 못했다. 입원할 때 입고 간 육년 묵은 누추한 옷가지와 구두를 어떻게든 처리해야 했다. 화장터로 가져가서 소각하라는 조언도 있었고, 시절이 바뀌었으니 아파트 재활용함에 넣어도 된다는 소리도 있었지만 어느 쪽으로도 실행을 못하고 있었다.

세호는 아버지를 잃고 생각보다 고통과 슬픔이 크지 않은 데 일종의 자기혐오 같은 감정을 갖고 있었다. 물론 자기 스스로에게 요구하는 애도의 강도가 어느 정도여야 한다는 강박 같은 건 없었다. 다만 이래도 되나 싶을 만큼 무덤덤한 자신이 문득문득 혐오스러울 뿐이었다. 늦은 밤 택시에 몸을 부리고 귀가하는 취중이면 그 마음이 일어났다. 그건 어젯밤에도 마찬가지였다. 세호는 택시에서 내려 아파트 제 집을 올려다보며 중얼거렸다.

"나한테 새끼들이 있어서 그래. 아비를 잃은 아비들은 다 그래."

정말 그렇게 소리치고 싶었다.

다. 저렇게 드라마 같은 한 장면이면 족했다. 저것 한컷 건지려고 새벽부터 고속도로를 타고 내려왔다는 생각이 들자 그는 다섯시간 분량의 구질구질한 필름을 버리고 손을 터는 사람처럼 마음이 산뜻해졌다.

"장모님, 날씨 참 좋네요."

지현은 트렁크에서 간식거리가 담긴 쇼핑백을 꺼내고 세호에게 자동차 열쇠를 건넸다.

"돗자리 챙기면서 무릎담요도 있나 찾아봐."

"먼서 가서 애들 좀 챙겨."

세호가 말했다. 아이들은 이미 숲으로 사라지고 보이지 않았다.

아내와 장모가 멀어지는 모습을 보고 나서 세호는 트렁크로 허리를 접었다. 호텔 미니바에 납품하는 술상자에서 그는 미니 위스키 한병을 꺼냈다. 트렁크에 머리를 박은 채 드링크제 비우듯 한모금에 위스키를 넘겼다. 세호는 범퍼에 한발을 올리고 섰다. 숨이 좀 트이는 것 같았다. 손가락 마디까지 번져오는 술기운을 느끼며 그는 조금 더 서 있었다.

돗자리는 종이상자에 눌린 채 트렁크 깊숙이 묻혀 있었다. 상자를 보고는 마음이 무거워졌다. 요양원에서 받아온 아버지의 세호는 차창을 내리고 바람을 쐬었다. 차는 철쭉이나 조팝나무 같은 키 작은 관목으로 꾸민 정원을 지나갔다. 정자가 있는 널찍한 잔디밭에는 행락객들이 진을 치고 있었다. 그늘막이나 인디언텐트를 친 가족이 있는가 하면, 가스버너로 고기를 굽는 사람들도 보였다.

백여 미터나 더 진입로를 나와서 지현이 갓길에 차를 세웠다. 조금 전 그들이 타고 온 도시외곽도로가 코앞에 보였다. 인도 너머로 버팀목을 댄 어린 느티나무 조림지가 있고, 그뒤로 메타세쿼이아숲이 울울했다.

"자, 내리자."

지현이 싸이드브레이크를 채우며 말했다.

"그늘져서 춥지 않을까?"

세호는 무슨 방풍림처럼 솟은 메타세쿼이아숲을 내다보며 중얼거렸다.

뒷좌석에서 장모가 내리고, 아들과 딸이 차례로 내렸다. 아이들은 곧장 숲으로 내달렸다. 지현이 소리쳤다.

"뛰면 안돼! 동생 데려가야지!"

어른들은 제자리에 서서 아이들을 바라보았다. 세호는 가슴을 펴고 숨을 들이마셨다. 사는 게 별것 있나, 하는 생각이 스쳤

진입로를 한참 빠져나오자 도로 정체가 차츰 풀렸다. 이제 돗자리 펼 데를 살피느라 아이들까지 입을 다물고 온 가족이 오른편 창 밖을 내다보았다. 세호는 작년에 가족과 한나절을 보냈던 소나무 숲이 그냥 멀어져가는 걸 지켜보았다.

"세워봐, 엄마. 저기야!"

　아들 녀석이 다급하게 외쳤다. 녀석은 운전석과 조수석 사이, 그러니까 제 엄마와 아빠에게 참견할 만한 위치에다가 열한살의 몸을 밀어넣었다.

"차 세울 데가 없잖아."

　지현이 퉁명스레 말했다. 아들은 잠시 수꿀해졌다. 그러나 이내 특유의 활력을 찾아 다시 주절거렸다.

"근데 아까부터 무슨 냄새 나지 않아, 밥솥에서 나는 냄새 같은 거?"

　녀석이 제 아빠 쪽으로 코를 내밀고 큼큼거리자 세호는 팔을 뻗어 밀어냈다.

"그렇게 앉아 있으면 위험하다고 했지."

　왠지 세호는 아들 녀석의 태도가 마음에 들지 않았다. 술냄새 난다고 짐짓 힐난하는 듯싶었다. 지현에게 볶일 때처럼 짜증이 치밀었다. 목구멍에서 들큼한 트림이 올라왔다.

세호는 지현의 안색을 살폈다. 지현은 막힌 길만 바라보며 별 말이 없었다.

"아빠, 오디 따먹던 그 숲 말예요?"

잠자코 앉았던 아들 녀석이 아는 체를 했다.

"오디?"

세호는 얼른 떠오르지 않았다.

"작년에 그 숲으로 소풍 갔잖아요. 아빠랑 캐치볼도 했는데."

"아, 공 주우러 갔다가 오디를 발견했지?"

"우리 또 가요, 네?"

아들 녀석이 좌석 사이로 얼굴을 내밀며 졸랐고, 덩달아 딸 아이도 끼어들었다.

"난 네잎 클로버 찾을래."

"……오디가 지금 철인가?"

세호는 작년 나들이를 떠올리며 중얼거렸다. 등 뒤에서 장모가 잠긴 목청을 틔우는 소리가 났다.

"원, 벌써 그게 익었을라. 보리 익을 때나 돼야지."

장인 기일 때였던 모양이다. 세호는 손을 뻗어 딸아이 볼을 쓰다듬어주며 아쉽게 말했다.

"한달은 더 기다려야겠는걸."

아내는 소리쳤다. 차 안팎으로 분위기가 싸늘해졌다. 징수원 여자가 부스 밖으로 팔을 내밀었다.

"주차권을 주시면 처리해드릴게요."

"방금 왔다니까요. 지금 제 말을 못 믿는 거예요?"

"아니에요. 취소 처리하는 데 필요해서요."

여자가 밀려드는 차량들을 보며 재촉하듯 말했다.

지현은 한숨을 내쉬었다. 그러고는 숄더백을 뒤집어서 치마에다가 소지품을 쏟아놓았다. 화장품, 지갑, 휴대폰, 물티슈와 함께 카드전표와 영수증이 한무더기 쏟아졌다. 지현은 영수증을 한장씩 들춰보았다. 누가 봐도 시위하는 몸짓이었으므로 세호는 머리를 내둘렀다. 징수원 여자는 입매가 샐쭉해졌다.

이윽고 주차차단기가 올라갔다.

일 킬로미터 남짓한 진입로 역시 바깥 차선에다가 차들을 세우느라 차량 흐름이 막히고는 했다.

"이제 우리 소풍은 끝난 거야?"

딸아이가 풀죽어 말했다. 아이들은 공원 광장에서 대여하는 사륜자전거를 타지 못하게 된 걸 아쉬워했다. 세호는 무거운 몸을 돌려 아이들을 달랬다.

"진입로 쪽 숲으로 가보자."

션 옆에 당연히 있어야 할 주차권이 보이지 않았다. 지현은 대시보드와 바닥까지 훑어보고 나서 세호를 바라보았다. 그게 왜 내게 있겠어, 하는 눈빛으로 세호는 주머니를 뒤지는 시늉을 했다. 처가에서 나올 때 들른 김밥 체인점 영수증이 바지주머니에서 나왔다. 세호는 지현에게 핀잔을 주었다.

"맨날 그래. 잘 찾아봐."

지현은 세호에게 맡겨둔 숄더백을 낚았다.

그러는 사이 그들 차례가 되었다.

약이 바짝 오른 지현은 주차요금 징수원에게 항의했다.

"주차장이 꽉 찼으면 통제든 안내든 제대로 해줘야 할 것 아니에요."

징수원 여자는 어버이날 기념 축제 탓이라고 양해를 구했다. 부스에서는 무전기 소리가 자글거렸고, 여자는 지친 기색이 역력했다. 세호는 지현보다도 그 여자를 더 이해할 것 같았다. 지현이 여자를 올려다보며 말했다.

"주차장만 돌다가 나왔다고요, 두바퀴나."

"한바퀴야, 엄마."

뒤에서 딸아이가 재빨리 제 엄마 말을 받았다.

"두바퀴야!"

다.

"오빠, 네잎 클로버 본 적 있어?"

딸아이가 문득 노래를 멈추더니 제 오빠에게 물었다.

"응. 저번에 도장에서 캠프 가서 찾기 게임 했어."

"오빠도 찾았어?"

"쿠키런 왕딱지 뽑기보다 어려워. 민지가 찾은 거 봤어."

"되게 어렵네. 그래서 어떻게 됐어?"

"뭐가?"

"민지 언니 말이야. 행운이 찾아 왔어?"

"소원을 빌고 기다리고 있대."

"무슨 소원인데?"

"그걸 내가 어떻게 아냐? 소원은 말하면 안된다는데."

"아빠, 정말이야?"

"응?"

"네잎 클로버 찾고서 소원 비는 거, 말하면 안돼?"

"오빠 말이 맞아. 소원을 비밀로 해야 행운이 와."

세호는 주차할 데가 없나 살피느라 건성으로 대답했다. 딸아이가 생각에 빠지며 차 안이 조용해졌다.

주차요금 정산소를 앞두고 지현이 주차권을 찾았다. 내비게이

공원 주차장에 빈자리가 없어서 세호네 가족은 다시 진입로로 빠져나왔다. 세호 처 지현이 운전대를 잡고 있었다.

딸아이가 유치원에서 배운 동요를 흥얼거리느라 차 안은 라디오를 켜놓은 것 같았다. 행운을 가져다준다는 수줍은 얼굴의 미소, 운운하는 소절이 역시 어렵고 입에 붙지 않는 모양이었다. 제 오빠가 제법 선생 노릇을 하며 반복해 잡아주고 있었다. 팔순 장모는 뒷좌석 아이들 틈에 앉아 눈을 감고 있었는데 멀미기에 시달리는 듯 보였다. 그래도 아이들 재롱으로 생긴 엷은 미소가 입가에 묻어났다. 가슴에는 딸아이가 색종이로 만든 카네이션이 달려 있었다.

세호는 간신히 실려가는 기분으로 조수석에 앉아 있었다. 숙취와 피로로 만사가 귀찮았다. 다만 아내한테 오늘만은 가시 같은 소리를 듣지 않기를 바랐다. 친정에 올 때마다 당신은 맨날 그러더라고 아내 지현이 쏴서 그들은 신혼 때부터 지긋지긋하게 싸워왔다. 세호는 억울했다. 처갓집 가는 날이 대부분 체력이 방전되는 주말이었을 뿐이지 결코 가기 싫어 꿍한 적은 없었

소풍
전성태